청동물고기

황금알 시인선 38
청동물고기

초판인쇄일 | 2010년 11월 17일
초판발행일 | 2010년 11월 30일

지은이 | 임연태
펴낸곳 | 도서출판 황금알
펴낸이 | 金永馥
선정위원 | 마종기 · 유안진 · 이수익
주 간 | 김영탁
디자인실장 | 조경숙
제작진행 | 칼라박스
주 소 | 110-510 서울시 종로구 동숭동 201-14 청기와빌라2차 104호
물류센타(직송 · 반품) | 100-272 서울시 중구 필동2가 124-6 1F
전 화 | 02)2275-9171
팩 스 | 02)2275-9172
이메일 | tibet21@hanmail.net
홈페이지 | http://goldegg21.com
출판등록 | 2003년 03월 26일(제300-2003-230호)

©2010 임연태 & Gold Egg Publishing Company Printed in Korea

값 8,000원

ISBN 978-89-91601-90-1-03810

청동물고기

임연태 시집

황금알

| 시인의 말 |

마흔일곱 살, 사표를 던졌다.
이유를 묻는 사람들에게
"이제 시 좀 쓰려고요. 시인이잖아요."

옷을 벗으니 몸이 보였다.
살아 온 날들이 얼마나 두꺼운 옷 속에서
스멀거리고 따끔했는지 조금씩 알게 됐다.

전에는 어떻게든 하루가 살아졌지만
이제는 어떻게든 하루를 살아내야 한다.

"그래 시는 좀 쓰니?"
이런 전화 받으면 12월 들판에 홀로 선 느낌.
"시가 가래떡 뽑듯 나오는 거냐?"
불후의 명작은 기다림 속에 나온다며
눙치기 일쑤지만
아, 맘먹고 좀 써보려면
더 안 써지는 이 지랄 같은…

목이 마른 게 문제다.
누군가를, 그 무엇을 사랑해야 할 것 같은
근원 모를 갈증에 하루는 길고 길다.

사표辭表가 사표死票되지 않도록
사관死關이란 문폐를 달고
죽음에 이르는 길목에서
죽음을 뛰어넘는 꿈을 꾼다.

그 꿈의 촉수觸手들이 이렇게,
부끄러운 줄도 모르고
당신을 향한다.

차 례

1부

2부

1부

선암사 뒤깐

누구에게나 한 칸이다.

엉덩이를 까고 앉은
한 칸의 고요가
세상보다 넓다.

거기 앉으면
비워내는 시간의 적요가
채우느라 안간힘 쓰던 날들을
발효시킨다.

겸허한 자세로 앉아
응축된 번민 덩어리가 척, 척
낙하하는 소리 듣다보면
한 칸도 못 되는 내 생애가
말갛게 보인다.

누구에게나 한 냄새다.

입, 똥, 입동立冬

겨울이 벌떡
일어선다.

울긋불긋 허리춤을 풀어 놓은 산마다
아직 가을 색 찬연한데
겨울이 벌떡
일어선다.

입, 똥, 입, 똥.

입으로 들어간 것은 매양
똥으로 나오기 마련

들어갈 땐 더없이 귀貴하던 것이
더없이 천賤한 신세로 나오는 동안
화려하던 단풍 산
바싹 말라 육탈肉脫하는 동안

나는 한 덩어리
똥으로 바르고 있다.

일주문—柱門

기둥만 서 있는 문

없음이 곧 경계라서
안과 밖이 따로 보이지 않는 문

수없이 많은 문을 열고 닫으며 살지만
내게 있어도 오히려
내가 열지 못하는 문

내 마음 속 일주문 밖에서
나는 오늘도 하염없는
떠돌이였네.

자벌레

포탈라 궁을 향해 오체투지하며
길에서 한 생을 마친 사람
오늘은, 연둣빛 법의法衣 입고
봉선사 설법전 난간에서
그때 못 다한 절인 듯
저토록 지극하게
생멸生滅의 간격 재고 있다.

봄눈

때를 잘못 만났다

출생신고 할 겨를도 없는 사망
하늘에도 땅에도 묻힐 곳 없다

그나마 음지로 웅크린 것들은
한나절쯤 목숨 부지한다지만
뭐 그리 의미 있겠는가

삼칠일도 못 넘기고 죽은 아이 무덤에
과자 봉지 넣어주고 끄억 끄억
밤새웠다는 그 아버지의 어깨 너머로
벚꽃 이파리처럼 나부끼는
저 3월의 눈송이

누구의 죄도 아니다

때를 잘못 만났을 뿐.

수관정 睡觀亭

보성 대원사 계곡 맨 위에
적멸을 머금고 서 있는
한 칸짜리 집하나

하얀 현판에 검은 글자
수관정 睡觀亭
잠(죽음)을 바라보는 정자
라고.

삐거덕 문을 여니
텅 빈 목관 木棺 하나
놓여 있다.

세상살이 힘들거든
그래서 차라리 죽고 싶거든
거기 곧은 자세로 누워
눈 감고, 뚜껑 닫고
한 번 죽어보라는 뜻이겠지.

관 속에 들어가 눈 감으면
죽음이 보일까?
죽음 속의 나는
어떤 꼴을 하고 있는지
관 밖의 세상처럼 환하게 보일까?

악연

들길 걷는데
스르륵 뱀 한 마리
풀 속으로 숨는다.

그놈의 대가리 붉은
꽃물처럼
내 몸에 번지는 살의殺意

작대기로 땅을 치고
풀 더미 헤집으며
나는 왜, 그놈을 쫓고 있나?

나도 언젠가
지금의 나처럼 눈 번뜩이며
내 자취를 헤집는
그 누굴 만날지도 모르는데.

심우도 尋牛圖

노을 젖은 언덕 위
암소 한 마리가 풀을 뜯고 있다

뱃속에 품은 새끼 몫까지
그 새끼의 새끼 몫까지
뜯어도 뜯어도 돋아나는 업보까지
노을 같은 혀로 뜯어 먹고 있다

길들일 그 무엇도 없는 본래의
한가로움 속으로 어둠이 내리고
언덕 위엔 풀꽃 같은 별이 핀다

암소가 둥그런 배를 깔고 누워
눈처럼 흰 소로 변신한 제우스가
아름다운 여인 유로페를 등에 태워
유괴했다는 황소자리별의 전설을
되새김질 하는 동안

뱃속의 새끼는

동자童子를 찾아 떠난다

들끓는 마음속 마구니를 길들여
눈처럼 흰 등에 태우고
어미의 뱃속으로 돌아오기 위해

쥐죽은 듯 한 세상이 올 때까지

영광 불갑사 대웅전
삼존불단 기둥에 새겨진
흰 쥐와 검은 쥐는 오늘도
부처의 공양물을 나눠 먹고 있답니다.
웬 징그러운 쥐냐고요?
경전經典입니다.
우물에 빠져 넝쿨에 매달린 사람
아래는 독사가 우글우글해도
떨어지는 꿀방울을 받아먹기에 정신없을 때
넝쿨을 갉아먹던 두 마리의 쥐
대장경을 갉아 먹은 바로 그놈들이지요.
내가 살아 있는 동안 나의 시간 속을
밤낮으로 기어 다니는 흰 쥐와 검은 쥐
내가 죽은 뒤에도 그놈들의 이빨은
나의 시간을 갉아 먹을 것입니다.

시골 쥐도 아니고 서울 쥐도 아닌 신분으로
어정쩡한 인생을 살아내는 것도 힘겨운데
온 몸의 핏줄을 갉아 먹는 두 마리의 쥐

징그러워도 잡을 수가 없습니다.

불갑사 대웅전 흰 쥐와 검은 쥐는
오늘도 부처의 공양물과 중생의 업보를
경전 읽듯 갉아 먹고 있답니다.

사각 사각 째깍 째깍
사각 사각 째깍 째깍

내가 죽고 당신이 죽고
흰 쥐와 검은 쥐가 다 죽어
쥐죽은 듯 한 세상이 올 때까지.

수마노탑의 전설

1400년 전 강원도 정선 함백산 골짝에 정암사와 수마
노탑을 세운 자장 스님, 어느 날 찾아 온 허름한 노인을
만나주지 않았더니, 노인은 데리고 온 강아지를 사자로
변신시켜 타고 하늘로 올라갔고, 자장은 문수보살을 알
아보지 못한 자신을 책망했다고.

1400년이 지난 뒤 정암사 주지 스님이 수마노탑을 보
수 하려고 똑같은 돌을 어디서 찾을까 고민하던 중에 허
름한 노인이 찾아왔다기에 선뜻 만났더니,

"제가요, 어릴 때 가난하여 부모가 밥술이라도 먹고
살라고 정암사에 보냈는데요, 도저히, 어린 마음에 도저
히 중 되기 싫어 밤중에 도망을 놓았는데요, 멀리도 못
가고 저 넘어서 평생 꼬부라지도록 농사짓고 살면서 죄
밑이 있어놔서 정암사는 한 번도 못 와보고 살았는데요,
요새 들으니 탑을 고친다는데 아무래도 제가 와야 할 것
같아서요, 그러니까 제가 어려서 여기 살 때 어른들이
탑 고친다고 돌을 하러 가는데 따라간 적이 있어 놔서
요, 지금도 찾아 갈 만한데 가면 마노석이 있을지는 모

24

르지만서두요, 그래서 한 번 말씀이나 드리고 싶어서
요.”

　그래서 탑 보수불사가 잘 되었는데, 사람들은 1400년
전에 왔던 문수보살이 다시 온 것이라고 얘기 합니다.

　자기보다 허름한 사람은 모두 문수보살인 줄 알면 틀
림이 없다고.

사리공舍利孔

무성한 잡초에 묻혀 하마터면
못보고 지나쳤을 구멍
밥공기만 한 그 속
우주의 진리를 설파하던
사자후는 들리지 않고
해독할 수 없는 행장行狀들이
메마른 이끼로 돋아 있다

10년 병환에 마를 대로 말라버린
어머니를 염殮하시던 아버지 손길이
우리 6남매가 나온 문 근처에 이를 무렵
차마 고개를 돌렸던 그 침침한 저녁
곡哭도 못하며 회한에 빠져들다가 슬쩍
보아버린 사리공, 그 깊은 침묵에
더 깊은 슬픔으로 까무러지던 기억

사리공 떠난 사리의 유랑길 멀기만 하고
사리가 떠난 사리공 홀로 빈 세월 지키니
들풀 만발한 여름, 빗물이라도 고여

우르르 별들이 쏟아져 들어오면
무상했던 생애生涯, 생애, 생애들이
진신사리처럼 영롱하게 소생할 건가

어머니의 감나무

감나무 한 그루 뒤란에 서 있었어요.

어머니가 설거지 구정물 휙 찌그리면
발목에 흠씬 물세례 받으면서도
한 발짝도 도망치지 않던,
외려 가을마다 주렁주렁 감 매달아
겨울 내내 홍시 인심 푸짐하게 해주던
나무였지요.

모진 삭풍 따라 어머니 떠나신 그 겨울
앙상한 뼈 부딪치며 우웅 우웅 울던 감나무
얼어붙은 발목 유난히 추워 보였어요.

홍시보다 붉은 슬픔 뿌리까지 스며들었는지
이듬해부터 감이 열리지 않았는데요,
잎 무성해도 꽃조차 피지 않았는데요,
사람들은 어머니가 감을 다 갖고 가신 탓이라 했지요.

"어무이, 그 많은 감 혼자 잡수시면 배 부른교?"

제사 뒷날 아침 괜한 투정으로
혼자 해 본 소리였는데

"야야, 올해는 감꽃이 핏다카이."
희끄무레한 봄날 아침 이모의 전화 한 통
이것도 기적이라 해야 할까요?

별처럼 총총 떠 있을 감꽃
홍시 빛 어머니 얼굴도 떠 올려 보는데,
참 궁금하네요.

투정삼아 해 본 그 소리를 들어 준 건
저승의 어머니인가요?
이승의 감나무인가요?

참깨 털던 노파는 무덤으로 앉아

지난 여름 강원도 어느 마을 앞 국도를 달리다가
비스듬히 햇살 내리쬐는 비탈밭 한 가운데
홀로 앉아 참깨 터는 노파를 보았지요.
탁, 탁, 탁 마른손으로 깻단을 치면
머리카락이 풀어지듯 쏟아지던 하얀 참깨 알들
잠시 차를 멈추고 바라보던 그 풍경
두고두고 고소했지요.

깊어 가는 가을 날
다시 그 마을 앞에서 차를 멈추고
비탈밭을 바라보는 순간,

아— 하고 놀랍니다.

깻단이 삭아 가는 밭이랑 끝
엉성하게 문 닫힌 집 곁에
노파는 야트막한 무덤으로 앉아
나를 내려다보고 있습니다.

노파는 여름 내내 참깨를 다 털고
새집 지어 이사를 갔으되 멀리는 가지 못하고
살던 집, 참깨 밭 곁에 잠시 쉬듯 앉았다가
새봄이면 다시 참깨 씨를 뿌리려나 봅니다.

내년 여름, 노파는
새하얀 머리 빗질하고 나와
탁, 탁, 탁 저승의 손으로
이승의 참깨를 털고 있겠지요?

어디로 갈까

사랑하다가 못 다한 사랑
남겨 놓고 죽으면
그 사랑은
어디로 갈까

간절하여 눈 감은
꽃으로 피어날까

뜨거운 입술로 노을 타는
섬으로 떠 있을까

사랑하다 못 다한 사랑
남겨 놓고 죽으면
그 사랑은
어디로 갈까

그리움은

사람을 그리워하는 것은
지금 여기서 그 사람이 되는 것이다.

먼 곳의 그가 되어
여기의 내게로 돌아오는 것이다.

돌아와, 촛불 밝히고 술잔 기울이며
손끝 떨리는 나지막한 아픔을
연주하는 동안 그리움이 완성된다.

그리움은, 사람에 대한 그리움은
그렇게 완성되어 밝아 오는 아침이다.

두물머리에서

홀로 흐를 때는 몰랐지만
여기서 그대를 만나 함께
흐르는 순간부터 사무쳐 오는 그리움

지나온 시간 나를 흐르게 한 이유가
여기서 그대를 만나기 위함이었음을
알게 된 순간부터 사무쳐 오는 그리움

여기
두물머리에서부터,
내가 그대로 흐르고
그대가 나로 흘러
비로소 완성되는 그리움

도드리

낙엽의 무덤은 뿌리다

누가 재촉하진 않지만
그렇다고 미룰 것도 없이
장단을 뚝 멈추고
발목 아래로 되돌아들면

쓰다듬듯 가을이
스쳐간다

마른별들 우우 모여
무덤으로 들어가는 통로를 두드리고
뿌리는 천천히 숨구멍을 열어
우주의 영혼들을
거둬들인다

되돌아드는 모든 것들
뿌리의 호흡에 장단 맞추며
맨살의 추억으로 엉기는 동안

서로가 서로의 무덤이 된다.

지상의 가을이 되돌아들어
마디마디
봄을 꿈꾼다

* 도드리: 되돌아든다는 뜻. 국악 장단의 한 가지.

화탕지옥

　석양녘, 행자는 산에서 썩은 나무를 한 아름 모아 와
군불을 지핍니다.
　활활 타들어가는 아궁이에 나무를 던져 넣으며 반야심
경을 외우는
　행자의 뒤통수에 대고 노스님이 호통을 치십니다.
　"이놈, 썩은 나무로 군불을 때면 안 된다."
　"썩은 나무가 불에 잘 타잖아요…"
　노스님은 나뭇가지 하나를 부러뜨립니다.
　행자의 검은 눈 가득, 나뭇가지 속 작은 벌레들이 기
어 다닙니다.
　"그 미물들을 불구덩이에 던져 넣으면 네놈도 화탕지
옥을 면치 못하리…"

　행자의 얼굴 가득 노을 드리워집니다.
　외우던 반야심경 다 잊어 버렸습니다.

* 생태운동가 김재일 선생의 「생명신필」 중 행자시절 일화. 노스님은
  석주스님.

2부

문신

무를 뽑다보면 몸통에 깊은 골 패인 놈이 있는데, 어른들은 처녀가 무밭에 들어가 오줌을 눈 탓이라고 했지만 나는 그 뜻을 이해하지 못했다.

무청 보다 푸른 청춘을 지내고, 땅에 뿌리박지 못하면 살 수 없다는 숭고한 현실도 깨닫고, 밋밋한 듯 매운 듯 더러는 달기도 한 그 맛이 사람 사는 맛이란 것도 아슴푸레 깨달은 뒤에 이해할 수 있었다.

머리에 하늘빛이 어리기 전, 오줌 누는 처녀의 거시기를 먼저 보고, 거기가 제 고향인줄 알고 돌아갈 때를 대비해 약도삼아 골 깊은 그리움을 몸통에 문신해 둔 것임을.

검룡소에서

낯설지 않다. 이 서늘함.
작년 아니면 10년 전 아니면 천 년 전
천 번 아니면 열 번 아니면 한 번 정도는
느꼈던 것 같다.

내 몸이 만들어지기 훨씬 이전의 느낌을
지금 내가 기억하는 것은
작년 아니면 10년 전 아니면 천 년 전부터
물과 불과 바람과 흙먼지로 떠돌다가
어머니의 자궁으로 말려들어갔다가
퐁, 퐁, 퐁 샘물로 솟아 나온 탓이겠지.

천상으로 통하는 지상의 한 구멍
그 깊은 근원으로 들어가
용이 되고자 했던 몸부림이 구불구불
물길을 이루고 있는 검룡소에서
작년 아니면 10년 전 아니면 천 년 전의 내가
천년 뒤 아니면 10년 뒤 아니면 내년의 나를
흘려보내고 있다.

숫구쳐, 하염없이 숫구쳐

* 검룡소 : 강원도 태백시 창죽동에 있는 소沼. 한강의 발원이다.

물 한 방울

고갯마루에 물 한 방울 떨어지면
한 방울은 낙동강 되어 남해로
한 방울은 한강 되어 서해로
한 방울은 오십천을 적시며 푸른 동해로
흘러간다지요.

한 방울의 물이 세 방울로 나뉘어
세 개의 바다를 만들고
세 개의 바다가
한 방울의 물로 맺혀
삼수령*에 내리면 다시 세 바다로
나눠 흐른다는 거지요.

삼수령에 떨어지는 물 한 방울
그게, 알고 보면 오대양이고
오대양도 결국 한 방울이어서
나도 한 방울 물이라는 기지요.

삼수령 고갯마루 아침 바람이

인천 앞바다 석양으로 타오르면
해운대와 경포대 모래톱 사이로
물 한 방울 스며들고 있다는 소식
이름 하여, 해인삼매海印三昧라지요.

* 삼수령三水嶺 : 강원도 태백시 적각동에 있는 고개(해발920m).

건망증

1.
가을 깊은 조계사 근처 골목에서
모퉁이 돌아가는 원명圓明 스님을 보았다.
오랜만이라 인사라도 하려고 달려갔는데
빈 골목엔 바삭바삭 오동잎만 뒹굴고 있었다.
사무실에 와서 그 스님 걸음 참 빠르더라 말했더니
여자 후배, 나직이 속삭이듯 말했다.

그 스님 몇 년 전에 돌아가셨잖아요?

2.
총각 때 두 여동생과 삼청동으로 이사를 했다.
따로 살던 세 남매가 한 집으로 모인 것인데
이삿짐 다 풀고 나니 필요한 게 많았다.
낙원시장으로 뭘 좀 사러 가는 길에 아차,
지갑을 갖고 오지 않았다.
정독도서관 앞 좁은 골목 '국제연등회관'에서
원명스님에게 5만원을 빌려 쌀도 사고
바가지와 빗자루도 샀었다.

그 돈, 내가 갚았는가 어쨌는가?

3.
성철 스님의 상좌 원명 스님
영어도 잘하고 바둑도 잘 두던 스님
밝은 곳으로 돌아갔다는 그 스님을
조계사 근처에서 언제 또 만날 수 있을까?

그때를 대비해 5만원은 꼬불쳐 둬야겠다.

늦게 가는 시계

하루에 1분,
분침이 늦게 간다.

맞춰 놔도 고집스레
한 칸씩 뒤쳐진다.

내 삶의 고단함이
초침의 맥박 속에 흘러들었나?
반란의 유전자가
시침의 평온을 거스르나?

오늘 아침
다시 분침을 맞춘다.

초침과 시침이 외친다.

그 자식,
좀 천천히 가자니까…

한낮

정지용 생가 볏짚 지붕 속

아직 눈도 뜨지 못한 발가숭이 참새 새끼들

찌익 찌익 찌익 찍―

어느 생生에 배워 왔는지

'향수'보다 아득한 윤회를 노래하는

한낮

사과 1

떨어집니다 허공에서 허공으로 떨어져
산산이 부서집니다
부석사 종소리처럼
마구령 넘어가는 밤벌레 울음처럼
허공을 파도치다가 부서지고 으깨어져
혼곤한 새벽잠에 빠져 듭니다

죽습니다 허공에서 죽습니다
죽어 허공이 됩니다
아무도 내 죽음을 눈치 채지 못 합니다
길가의 코스모스 빨간 눈망울
가녀린 속눈썹만 가을 내내 떨립니다

허공이 되어 비로소 온전해 지는 죽음
내 육신의 달디 단 이력.

사과 2

꼭꼭 씹어 드세요.
와사삭 와사삭
소리가 나도록 힘껏 베어 물고
꼭꼭 씹어 드세요.

당신의 붉은 입 속에서
넘쳐나는 나의 육즙肉汁
당신만을 향한 사랑의 열정은
단맛의 멍울을 짓고
당신만을 향한 그리움은
신맛으로 맺혀 켜켜이 익었나니
꼭꼭 오래도록 씹어 드세요.

내 으깨어진 한 생애는
당신의 입 속에 스며드는 순간
파도가 됩니다.
당신의 몸속 구석구석에서 출렁대는
파도가 됩니다.

꼭꼭 씹어 드세요.
내가 온전하게 당신이 될 수 있도록
천천히, 오래도록.

사과 3

사과 속에
사과가 있다

껍질 아래도 씨방 속에도
껍질과 씨방 사이에도
사과가 있다

한 입 베어 물면
움푹 파이는 사과의 골짜기에서
낱낱의 사과들이 익어가고
온 세상의 과수원이 익어간다

사과 속에 사과가 있다

사과 밖에 사과가 있다

돌부처

잘 생긴 얼굴일수록
코가 없다

득남발원 기도에
갈려나간 세월
천년이 넘는다

사람들은
제 육신을 빚은
재료가 무엇인지
모른 채
코 없는 돌부처를
측은하게 바라 본다

상가喪家풍경

술을 마시며
살아 있는 시인보다는
죽은 시인 이야기를
더 많이 한다

살아 있는 시인 이야기는
비난과 비판으로 이어지고
죽은 시인 이야기는
찬란한 무용담이다

죽은 시인에게는 더 이상
술을 사주지 않아도 되기
때문 일거다

심즉시불 心卽是佛

부처님 몸이 얼마나 커서
절마다 진신사리 모신 탑이냐
정말 부처님 사리가 그렇게
많이 나왔느냐고 묻기에

부처님 몸은 우주보다 큰 탑을
60억 인구의 60억 배 만큼 쌓고도
남을 만큼의 사리로 이루어져 있다고
답했더니 도무지 알아들을 수 없단다

그 가운데 가장 빛나는 사리탑이
바로 당신이라고 했더니
하 하 하
웃는다

웃기만 해도
빛나는 사리탑

바로 당신

열쇠가게 앞에서

열어야 할 문이 그렇게 많다
잠가야 할 문이 그렇게 많다

수많은 열쇠들이 언젠가는 열어야 할 세상을 위해
발기勃起해 있고 미처 잠그지 못한 비밀로 배부른
자물통들은 결연한 주먹을 쥐고 있다

비밀번호를 얻지 못한 디지털 도어 락,
여는 것과 잠그는 것이 다 한통속의 일이어서
아날로그와 디지털이 서로를 열고 닫는다

누구였을까?
최초로 문을 잠근 사람은

흑염소의 영토

흑염소 한 마리
새로 돋은 풀 뜯고 있다
간지럼 태우듯
새끼 등 핥아 주듯
뾰족한 입으로 뾰족한 새순을
먹고 있다

먹을 뿐이다
진달래 피건 말건
뻐꾸기 울건 말건
고삐의 길이, 그 반지름만큼
허락된 영토가 반질거리도록
먹을 뿐이다

봐라,
흑염소의 영토는 벌써
공空이다

무위無爲가 도식道食이다

찜질방

곰과 호랑이가
쑥과 마늘을 먹으며
사람 되기를 염원하던
굴속이다

곰처럼 웅크린 사람
호랑이처럼
활개를 펴고 누운 사람

아직 강림하지 않은
메시아를 기다리는 자세

왠지 낯설지 않은 풍경

사춘기

무슨 일이죠?

내 몸 구석구석에서 난리가 났어요.

미끈거리는 비늘 같은 움이 트고
꽃망울 터지고
시냇물 소리 나고
병아리 깨어나고
멧새들 지저귀고
색깔 알 수 없는 향기가 나고…

새로운 문자들이, 무수한 문자들이
온 몸에 새겨지지만
도저히 읽을 수 없어요.

누가 좀 읽어 주세요.

밑줄 쫙쫙 그어가며
나를 읽어 주세요.

부부

홍천 시외버스터미널 하차장
큰 가방과 작은 가방 하나씩을
메고 끌며 버스에서 내린 부부

두 리 번
두 리 번
두 리 번

가방처럼 작은 키
가방처럼 뚱뚱한 몸
가방처럼 때 절인 얼굴
가방처럼 낡은 외투
가방처럼 이국땅에 던져진 불안

한참 만에 나타난 승합차에서
손짓을 하자

뒤 뚱
뒤 뚱

뒤 뚱

사람이 가방을 끌고 가는지
가방이 사람을 끌고 가는지

붉은 가을햇살 밟으며
달려가는 부부

용문사 은행나무

부처가 되기 싫어서 죽지 않는 나무

양평 용문사 은행나무는
천 년 하고도 백 년을 더 살아 그 속에
무엇이 들어찼는지 알 수 없지만
어차피 죽으면 목불木佛로 환생할 수 있는데도
삶을 버틴다.

고승의 지팡이인지 망국의 한을 찍던 지팡이인지
연원 따위야 중요한 게 아니고
혹한의 새벽에도 조용조용 힘줄 움직여
물 길어 올리며 대웅전 예불소리
멀리 상원사 선방 방귀소리까지 다 듣고 있다.

살아서 보고 듣는 중생계의 잡음들이
죽어서 보도 듣도 못할지 모를
극락의 풍경보다 좋다는 듯

흥망을 거듭해 온 왕조의 시간들

조금씩 저축해 온 내세의 복전에 비해
금리金利가 너무 낮다는 듯

남녀노소 선남선녀 기념촬영
들러리 서는 재미에 세월을 잊어버려
열반송을 준비하지 못했다는 듯

양평 용문사 은행나무는
추우면 추울수록 말을 아끼고
더우면 더울수록 몸짓을 아끼며
앞으로도 몇 천 년쯤은 더 살 작정인가 보다.

허수아비

1.
옛날 어느 스님이 법상에 올라
열반절 법문을 하는데
"열반이란…"

한참 말이 없기에 살펴보니
그대로 열반에 드셨다는데

2.
말이 끊어진 자리, 그 우레 같은
법문을 들었던 공덕으로 저 허수아비
들판에 서서 외친다.

"침묵이란…"

3.
얼마나 더 만나야 하나?
얼마나 더 기다려야 하나?

가을이 다 가도록 풀지 못한 화두,

“인생이란…”

데바닷다

해가 지면
사람들이 촛불을 들고 거리로 나온다.

덧칠되는 어둠의 두께를 따라
손에 손에 불꽃이 피어난다.

데바닷다여,
너는 어떻게 생각하느냐.

너의 심장 깊은 곳에
참회와 구원의 꽃송이 던져 주리라는
저 함성을 너는 어떻게 생각하느냐.

붓다의 혈족인 것이 괴로웠던 데바닷다여,
진정 너를 괴롭게 한 것은
네 안에서 들끓는 욕망이란 걸 일깨워 주려고
밤마다 촛불 밝혀 온 몸 태우는 저 군중을
너는 어떻게 생각하느냐.

촛불보다 뜨거운 욕망은
전생부터 이끌고 온 카르마業여서
아직도 붓다를 죽이는 일에 몰두하고 있는
데바닷다여,
아무리 죽여도 죽지 않는 붓다를
아무리 밟아도 주눅 들지 않는 영혼을
더 이상, 미친 코끼리도 돌덩어리도
손톱 밑에 숨긴 독약일지라도 어쩔 수 없어
오히려 선명하게 타오르는 저 촛불의 행렬을
너는 어떻게 생각하느냐.

군중 속의 데바닷다여,
밖에서 구경하는 데바닷다여,
무수한 붓다를 죽이려는
무수한 데바닷다여,

꺼질 줄 모르는 촛불 하나가
지옥까지 밝히려는 이 장엄한 열망을
너는 어떻게 생각하느냐.

2천 5백 년 전에 붓다를 죽이지 못해
아직도 죽지 못하고 시퍼런 눈으로
붉게 타오르는 촛불을 바라보는

데바닷다여, 붓다의 사촌이여.

3부

저승 가져 갈 시 한 편을
― 월롱산 일화逸話 1

노을 비껴드는 월롱산 솔숲 길
말쑥한 무덤 앞
여인이 앉아 있다.

조금은 모호한 풍경
천천히 지나치는데
비석처럼 앉은 여인이
시를 읽고 있었다.

무슨 시일까?

솔가지 흔드는 바람을 따라
한 겹씩 산그늘 짙어지는데
여인이 읽어 나가는 시는
한 구절씩 무덤으로 들어가
봉분을 채우고 있을까.

여인과 무덤
그 내밀內密이 궁금하다가

문득,
내 무덤을 채울 시 한편을
쓰고 싶었다.

이승과 저승을 이어주는 시를
한 편만이라도.

청설모 새끼, 너 누구냐?

－ 월롱산 일화逸話 2

이른 아침 산길을 오르다가
발밑 휙 지나가는 청설모 한 마리
쪼르르 나무를 타고 오르는 녀석
가만 보니, 아직 어린놈이었다.
어미를 잃었거나 야생에 적응하려고
독립한 놈이겠거니…

심호흡 토해가며 내 갈 길 가는데
어라! 이 녀석이 자꾸 따라오네?
통통통 공이 튀듯 달려오다가
후다닥 나무에 오르다가 까만 눈
내 눈에 맞추며 따라오는 녀석

너 청설모 맞아?
강아지로 착각하는 거 아냐?
얌마, 넌 야생인데 어쩌자고
사람을 따라오니?

백 미터를 넘게 따라오는 녀석

기막히고 어이없는 아침 산책 길
내가 뭘 착각하고 있나?
혼자 큰 기침을 해 보는
진공眞空의 시간

전생에 내 자식이었을까?
아니, 내가 자식이었을 지도.
뭔가 급한 소식을 알리려는 것일까?
배가 고픈 듯 한 데 줄 것이 없네.

이런저런 생각에 내 발길이 엉키는데
숲으로 들어간 녀석, 더 이상 소식이 없었다.
한참을 기다려도 녀석은 나타나지 않고
나는 떡갈나무 숲을 향해 소리쳤다.

야, 너 누구냐?

청설모 새끼, 너 혹시?
– 월롱산 일화逸話 3

한 번의 만남도 오래
상처로 남을 수 있다는 걸
배웠다.

그렇게 헤어진 청설모 새끼
다시는 나타나지 않았는데
산책 갈 때마다 그 자리에서 어김없이
생각나는 청설모 새끼

작년 가을 히말라야 트레킹 길에서
검정 개 한 마리 만났었다
여행객 따라 다니며 걸식하는
2천 5백 년 전 부처의 제자처럼
묵묵히 따라오던 검정 개 한 마리
남겨 준 밥과 반찬 맛있게 먹어치우고
다음날 아침밥그릇까지 싹싹 비우고
인사도 없이 온 길 되짚어 가버린
그 늙은 개 한 마리
집에 와서도 오래 잊지 못했는데

월롱산 솔숲 길 갈 때마다
아슴아슴 눈에 밟히는 청설모 새끼,
그 뜬금없는 인연을 생각하다가…

청설모 새끼, 너 혹시?

마늘밭
― 월롱산 일화逸話 4

어머니가 아는 세상의 넓이가
딱 그만큼일거라 생각했다.
평생 울타리를 넘어서지 않았고
석삼년이 멀다하고 대문에
금禁줄을 치고 살았으니 언제,
세상 개간할 틈이나 있었을까 생각했다.

찔레꽃 하얀 잎 무참한 주말 오후
늘 해가 짧았던 어머니의 영토에서
어머니가 심어 두고 가신 마늘을 캔다.

뽀오얀 속살 서로 껴안고
칸칸이 살을 찌우며 자라난 마늘
쑥쑥 뽑아 올리다가 문득,
마늘 한 통과 우리 6남매가
다르지 않다는 걸 깨달았다.

어머니가 일군 것은
마늘밭이 아니란 것을

마늘을 뽑으며 알게 됐다.

세상의 모든 맛 맵고 맵게 응축해
깊은 속에 품었다가 고루고루
자식들 몸에 용해시킨
무량한 시간을 따라 어머니의 세상은
헤아릴 수 없이 넓은 것이었음을
입에 불이 나고 혀가 얼얼해지는
생마늘 한쪽 입에 물고서야 알게 됐다.

어머니의 비탈밭
비밀의 도량에서
내 몸에 흐르는 매운 맛의 혈관
아들딸에게 잇대주는 방법 배울 차례다.

청동물고기
— 월롱산 일화逸話 5

월롱산 용상사 명부전 추녀 끝
청동물고기 허공에 입 벌리고 있는 까닭을
누구에게 묻기도 쑥스럽고
경전 뒤적여 찾아낼 재간도 없어
그저 궁금한 마음으로
바라보기만 하던 터였는데
보름달 환한 밤에 화들짝
그 까닭 보았다.

떨그렁 떨그렁 하염없던 풍경소리
하늘을 돌고 돌다가
여의주 같이 훤한 달 떠오르자
한입에 덥석 낚아채더니
떨그렁 떨그렁 아무 일 없다는 듯
무심으로 흐르는 달빛에 풍경소리

그 반짝이는 찰나의 법거량을
도솔천 내원궁 미륵님이 알아보고
씨~익 미소 지으니

텅 빈 월롱산에 소쩍새만 소쩍소쩍
농월弄月하는 밤이었다.

개미
— 월롱산 일화逸話 6

한 번의 생에 허락된
한 번의 죽음

기꺼이,
여왕을 위하여

개미집 앞에
잉크 자국처럼 말라 있는
호위병들

허리가 부러지도록
지극하여
아름다운 주검들

아카시아

사랑도 지나치면
병이 된다.

하얗던 꽃 다 떨어지고 없는데
향기는 숲을 떠나지 않고 있다.

사랑하는 사람 떠난 뒤에
견딜 수 없게 하는
추억의 향기

눈에 보이는 꽃보다
보이지 않는 향기가 치명적이다.

추억도 지나치면
병이 된다

망초꽃
— 월롱산 일화逸話 8

기다리는 사람 없어도
슬며시 와서
시침 뚝 떼고 서 있다.

도도한 점령군의
밀집수비에
주말 농장 절반을
빼앗겨 버렸다.

장마
- 월롱산 일화逸話 9

굴속 흙 물어다
입구를 봉쇄하듯 두툼하게
성을 쌓는 개미들

축성築城 공사 아직 한창인데
북서쪽에서 먹구름이 몰려온다.

집이 허물어지고
소 돼지가 둥둥 떠내려가는 것을
능선에서 보았던 기억

그때나 지금이나 사람들은
장마에 마을을 지키기 위해
성을 쌓지 않는다.

개미보다 더 크다는 이유로
장마쯤은
물로 보기 때문이다.

물로 보다가 물먹는 일이
한두 가지 일까마는
장마전선 다가와도 성을 쌓지 않는다.

배부른 들판

― 월롱산 일화逸話 10

금란가사金襴袈裟 펼쳐놓고
일렁일렁 수런수런

비스듬 허수아비
저녁예불 모실동안

구수한
숭늉 냄새가 뱃속 훑는
논배미

자식 입에 음식이나
내 논에 논물이나

보는 것만으로도
배부르다 하셨으니

푸짐한
공양 받으시고
노을 밟고 가시겠다.

4부

목련

어쩌면 그렇게 처절할까?

까칠한 껍질 속에서의
그 숨죽이던 설렘도
어느 순간 벗어 던지고
무방비 상태의 맨살로 몸을 열어
세상이 온통 두근거리던 그 유혹.

눈 둘 곳을 모르게 하는 우윳빛 살결과
고개를 숙여야 느껴지는 향기로
사내들의 봄을 미치게 하더니
가슴 뜨뜻하게 회포 한 번 풀 시간도
갖지 못했거늘
깊은 속살 한 번 어루만져 볼 용기도
일으키지 못했거늘
앙상한 가지 끝 그 고혹의 눈길에 이끌려
마른 목이나 축이고 다가서려 했거늘
어쩌면 그토록 처절하게 스러지는가.

몸을 열 때처럼 빨리
생기를 끊어 버리는 그 처연한 결행

무엇을 향한 그리움이기에
흰 살결 땅바닥에 내던져
흐늘흐늘 멍들어 가는가.

벚꽃 지는 날

벚꽃 지는 날
나팔을 불자.

그늘마저도 환한 꽃길을 따라
그리운 사람의 형상이
떠오를 때쯤이면
꽃은 지느니
그리움의 시간도 허락 받지 못한
새하얀 진혼곡을 하늘 높이 뿌리자.

아주 엷은 바람에도
맥없이 흩날리는 꽃잎
한 세상 살아가는 것이
저토록 덧없음을 일깨우지 않는가.

벚꽃 지는 날
나팔을 불자.

하얗게 흩날리는 꽃잎처럼
온 몸 나부끼며 나팔을 불자.

90

작은 교회가 있는 마을

오래전에 폐광 된 마을 어귀
삭정이처럼 버려진
작은 교회

고단한 그들, 머리에 별빛 이고 찾아와
갱도 끝에서 파내 온 일용할 양식에 감사하던
작은 교회

믿는 게 있어 살 수 있었던 그들이
집을 버리고 떠난 뒤로
나지막한 기도문도 찬송도 끊어지고
예수의 긴 지팡이도 더 이상 필요 없어
유리창도 출입문도 휑하게 털어 버리고
육탈(肉脫)의 침묵으로 서 있는
작은 교회

그래도 봄날이면 마당가 목련꽃 흐드러져
영생 같은 향기 흩뿌리는데
누구도 돌아오지 않아

삭정이처럼 말라가는
작은 교회

어쩌면 어머니처럼
끝이 없을지도 모를 기다림

대관령

높은 곳일수록 바람이 많다.

이승과 저승, 그 중간을 지키듯
우뚝하던 관문, 그땐
낮은 곳에 모의謀議가 있다는 걸
알지 못했다.

허리춤, 그 아래 어디쯤
은밀하게 속살 파고 든 터널
시간당 100㎞도 넘는 속도로
이쪽과 저쪽이 내통할 줄이야

대관령 옛길 고갯마루엔
전성기를 날려버린 여가수의 노래만
하품처럼 맴돈다.

높은 곳일수록 바람이 맵차다.

가시연꽃

너를 그리워하는 순간
너는 내게로 오지만
너를 만나는 순간부터
그리움은 더 깊어진다

오글오글 뭉쳐진 아픔을
끌어당겨 둥글게,
둥글게 펼쳐놓는
주름진 업보

차마 말하지 못하고 돌아나
물속으로 숨겨지는
무수한 낱말들

해가져도 오므라들지 않는
따끔따끔한 그리움

억새밭에서

나의 사소한 비밀이
너에게 그토록 큰 슬픔이었음을
나는 몰랐다

너의 크고 작은 비밀은 내게
참기 어려운 아픔이었지만
나로 인한 너의 슬픔을
나는 알지 못했다

가을이 오기 전에
알지 못했던 것들이 너무 많아
가을이 깊어 갈수록
몸은 가벼워져도
영혼은 무거워진다

메마른 바람 속에 드러낸
너와 나의 알몸은
현기증을 일으키며 휘청거리고
서걱서걱 부서지는 햇살 사이로

속 빈 추억들이 은빛 깃발 나부끼며
여행을 떠난다

한 무리 철새 떼 하늘 밖을 향해
날개짓의 흔적 거두어 가고 나면
무게를 줄인 추억들 남김없이 떠나고
우리는 서로의 알몸을 비벼대며
노을 속으로 타 들어간다

이제
비밀을 갖지 말기로 하자

이 황홀한 노을 속에서
알지 못할 것 없으니, 이제
비밀을 갖지 말기로 하자

조강祖江의 바람

서울을 빠져나온 바람은
조강에 이르러
눈을 감는다

임진강 굽이돌아 온 바람도
조강에 이르러
눈을 감는다

누군가의 간절한 기다림에 이끌리듯
물보다 빨리 당도한 조강에서
서로 만나 부둥켜안고
눈을 감는다

깊이를 나누어 밀물을 받아들이고
넓이를 나누어 썰물을 흘려 내리는
강은 말이 없어도
바람은 눈 감고 흐느낀다

남과 북이 강둑마다 엎드린 초병들

눈감지 못하는 총구멍이 있는 한
남쪽의 바람도 북쪽의 바람도
조강에 이르러
눈감아야 한다
질끈 감아야 한다

하나의 강물이
하나로 흐를 때까지

* 조강 : 한강과 임진강이 만나 김포와 강화를 거쳐 서해로 흘러드는 강.

마중물

경춘선 상천 역 마당가 낡은 우물펌프 하나
지난 세기의 사람처럼 서 있습니다.

(타고 내리는 사람이 많지 않아 기차는
바람을 내려놓고 바람을 태우고 갑니다)

어머 이런 것이 아직도 있었네 사람들은
덜컥덜컥 손잡이를 움직여 보고 고장 났잖아
한마디 남기고 떠나 버립니다.

(펌프가 고장 난 것인지 땅 아래 물길이
메말랐는지 관심이 없습니다.
울컥울컥 생목이 터지는 펌프의 고통을
알리도 없습니다)

잊은 것입니다. 우물펌프에서 물이 나오려면 먼저
물 한바가지를 담아놓고 퍼 올려야 한다는 것을
물이 물을 끌어 올린다는 것을.

(누군가를 그리워하기 전에 자신이 먼저
완전한 그리움이 되어야 그리움의 물 한 바가지
쏟아 부어 절절하게 누군가를 길어 올릴 수 있다는 것
을)

신흥사 배롱나무

강원도 삼척 신흥사 법당 옆 배롱나무
어느 모진 여름날 벼락이라도 맞았던지
부러진 몸통 그 몰락의 공간에
서러운 세월 켜켜이 쌓여 아프기도 하련만
조석예불 도량찬을 듣고 들은 공덕인지
온 몸을 열어 소나무 한 그루 품고 있네.

석간수 빨아 올려 나눠먹고
귀 기울여 해탈법문 들으며
제 가지보다 굵은 소나무 보듬어 기르는
배롱나무의 나이 2백 살이 넘었다네.

그만하면 조실 노릇에 부족함은 없으리.

장마와 무더위 견디며 백일간이나
붉은 꽃을 피우는 배롱나무가 있어,
뿌리 다른 생명도 기꺼이 품고 기르는
배롱나무가 있어서
신흥사 일주문 안 숲 속에서는 아직도
신라新羅의 바람결이 느껴지는 기라네.

마락리 풍경

마당 가득 도토리를 널어놓고
수돗가에 앉아 설거지하는
할매

한 눈에 궁벽의 식사가 읽혀지는
좁은 마루위의 밥상

늦은 아침 햇살에 어리는
가구들의 흐린
화장化粧기

오늘 하루도
마당에 널린 도토리처럼
고들고들
말라 가겠구나.

* 마락리 : 경북 영주시 단산면에 속한 마을, 소백산 고치령 너머에
  있어 외지다.

풀씨 속으로

해 뜨고 달 뜨고 별 뜨던 하늘
흰 구름 일으키며 날던 비행기
화살표 대형으로 날아가던 새들
천둥번개 폭우 쏟아 붓던 먹장구름
낙락장송 푸른 가지 헤집던 바람
한 여름 지겨운 시간 갉아대던 송충이
날개가 투명해 울음도 투명한 매미
풀밭이 마르기 전 분주했던 방아깨비 메뚜기
이끼 속에 길을 내던 지렁이 두더지

허공에서 땅 속까지
바쁘게 살아가는 뭇 생명들

다 들어간다

한 철 안식(安息)의 인드라
풀씨 속으로.

꽃샘추위

누군가를 시샘한다는 것,

오래하면 되레
남세스런 일이어서
이렇게 한 사나흘
볼이 얼얼하도록
칼바람을 부추기는 건가

그 짧은 항명抗命 뒤에
시치미 떼고 방글거릴
개나리 진달래는 어쩌려고…

꽃게 찜을 먹다

아무리 두꺼운 갑옷도 소용없다.
낡은 아파트를 철거하듯 네 몸을
해체하는데 10초도 걸리지 않는다.

도굴범 꼬질대 같은 꼬챙이로
무덤을 탐사하듯 깊게 또는 얕게
네 육질을 긁어낸다.

아무리 단단한 집게발도 소용없다.
일몰의 서해, 그 시뻘건 식욕을 배경으로
소주잔이 서너 순배 돌면 우리의 얼굴은
산산이 해체된 네 등딱지를 닮아가고

바다 밑을 긁어대던 너의 한 생애는
한 무더기 껍질무덤으로 쌓였으니―

살이 향기로운 게 잘못이었다.

이름표

방명록에 서명하고
참가비를 내자 아가씨가 목에 이름표를 걸어준다.

궁서체의 이름표를 거는 순간부터 나는
'임연태'가 된다.

분주한 행사장, 내가 알아보는 이름표들과
나를 알아보는 이름표들이 악수를 하며 안부를 묻고
오지 않은 이름들의 근황도 얘기한다.

행사장엔 이름표들만 달랑달랑 떠다닌다.

오랜만에 만나 기억이 아물아물한 사람도
이름표 덕분에 아는 체 할 수 있어 다행이다.
물론 상대방도 마찬가지 이유로 다행이겠지만.

행사가 끝나고 회수함에 이름표를 넣고 나서
나는 헷갈린다.

‘임연태’는 저 통속에 던져지고
나는 어디로 가는가.

내 가슴팍에서 달랑거리던
‘임연태’와 이별하고
나는 어디로 가야 하는가?

고통 혹은 시의 그물코 찾기

1. 고苦.
큰스님, 다시 가을입니다.
시단詩壇으로 출가出家하여 여섯 번째 맞이하는
가을입니다.
카필라의 태자 싯다르타는
출가 6년 만에 해탈의 길을 열었는데
인간의 욕망 너머 우주의 근원으로 통하는
부처의 길을 열었는데
저는 아직 출가 이전의 천둥벌거숭이입니다.
길 위에서 길을 찾는 몽매한
중생일 뿐입니다.
큰스님께서는
중생이라고 하여 중생의 길을 가는 것은
어리석은 것이어서
부처에 이르는 시詩의 길이 있다는 말씀으로
등단을 축하 해 주셨는데
돌아보면 지난 6년 철저하게
중생놀음이었습니다.

2. 집集.
까까머리 중학생 시절
우연인지 필연인지, 받아 든 시집 한 권이
막연하게 시의 길로 저를 이끌었고
필연인지 우연인지, 절집 옆에 살게 되며
불가佛家의 문턱 안으로 발을 들여 놓았는데
그 인연이 풋내를 벗지 못하고 설익어
아직 시의 길도 부처의 길도 멀기만 합니다.
부처의 첫 설법은
고통의 원인을 밝혀 주는 것이었는데
그것은 다름 아닌 집착執着이라는 진단이었는데
저는 한 번도
집착으로부터 자유로웠던 적이 없었습니다.
그래서 좋은 시를 쓰고자하는 욕심에 갇혀
육안의 껍질을 벗어 던지지 못한 채
지천명의 날들이 저물어 갑니다.
저의 부처는 아직도
이웃마을에서 탁발중인가 봅니다.

3. 멸滅.
큰스님, 다시 길을 묻습니다.
시의 길을 묻습니다.
부처의 길을 묻습니다.
그가 육안肉眼으로 본 세상은

무엇으로 채워져 있었을까요?
그가 천안天眼으로 본 세상은
얼마나 넓었을까요?
그가 혜안慧眼으로 본 세상은
어떤 향기로 채워졌을까요?
그가 법안法眼으로 본 세상은
어디에 있었을까요?
그가 불안佛眼으로 본 세상은
누구의 것이었을까요?
좋은 시란 도대체 어떤 것입니까?
시가 '자연의 모방'이라면
가장 자연스럽게 시의 결을 그려내고
시가 '낯설게 보는' 것이라면
누구도 본적이 없는 각도角度로 보고 싶습니다.
시인이 '견자見者'라면 육안을 버리고
천안과 혜안과 법안과 불안에 이르는 시안詩眼으로
세상 이전의 세상을 보고 싶습니다.

4. 도道.
시인의 길과 부처의 길이 둘 아니게
부처의 길과 사람의 길이 둘 아니게
6년이 여섯 번 지나고
그 여섯 번을 다시 여섯 번 지낸다고 해도
쥐죽은 듯 한 세상이 올 때까지

순결純潔 이전의 한 말씀으로
사람과 부처가 만나는 것을 보고 싶습니다.

큰스님, 이 가을
가난한 살림살이를 성글게 엮어두고
고통 혹은 시의 그물코를 찾아
떠나려 합니다.
다시 돌아와
안부 여쭐 때까지
여여如如 하시길 앙망하오며…

2010년 가을

금촌金村 사관死關에서 임연태 엎드림